Institut égyptien

Bulletin de l'Institut égyptien, 1859

Anatiposi

Institut égyptien

Bulletin de l'Institut égyptien, 1859

Réimpression inchangée de l'édition originale de 1859.

1ère édition 2023 | ISBN: 978-3-38272-338-5

Anatiposi Verlag est une marque de Outlook Verlagsgesellschaft mbH.

Verlag (Éditeur): Outlook Verlag GmbH, Zeilweg 44, 60439 Frankfurt, Deutschland
Vertretungsberechtigt (Représentant autorisé): E. Roepke, Zeilweg 44, 60439 Frankfurt, Deutschland
Druck (Imprimerie): Books on Demand GmbH, In de Tarpen 42, 22848 Norderstedt, Deutschland

BULLETIN

L'INSTITUT EGYPTIEN

❦

AN·NÉE 1859.

N° 1.

ALEXANDRIE D'EGYPTE.

IMPRIMERIE FRANÇAISE DE MOURÈS ET PERRIN,

Place Sainte-Catherine.

1859

BULLETIN

DE

L'INSTITUT EGYPTIEN

des Commandements du Vice-Roi, l'annonce à l'Institut Egyptien :

MONSIEUR LE SECRÉTAIRE,

J'ai la satisfaction de vous informer que sur ma demande appuyée par notre honorable Vice-Président, M. H. THURBURN, SON ALTESSE LE VICE-ROI a daigné accorder son haut patronage à l'Institut Egyptien.

Je regrette que mes occupations ne m'aient pas permis de me trouver à la dernière séance et de faire part, moi-même, à la société de cette nouvelle preuve de la sollicitude et de la bienveillance de Son Altesse, et je vous prie de la porter à la connaissance de nos collègues, dans la prochaine séance.

Agréez, Monsieur le Secrétaire, l'assurance de ma considération la plus distinguée.

Le Secrétaire des Commandements
DE SON ALTESSE LE VICE-ROI,
KOENIG-BEY.

Cette haute faveur du Souverain de l'Egypte a été accueillie avec une respectueuse et profonde reconnaissance par tous les Membres de notre société ;

elle honore le Prince qui protège et encourage le travail, elle récompense noblement le dévouement généreux aux sciences et au bien-être social ; elle assure
à une Institution d'utilité publique une existence
durable, et elle appelle le concours des hommes
laborieux et capables de sacrifices au culte des
sciences, des lettres et des arts.

L'Institut Egyptien a rencontré de l'écho dans les
Sociétés savantes de toutes les villes de l'Europe,
c'est du moins ce que de nombreuses adhésions sont
venues successivement nous attester ; il a acquis la
sympathie des hommes honorables de ce pays ; c'est
qu'il est entré dans la voie des travaux utiles et qu'il y
marche loyalement et résolument, grâce au concours empressé que tous les membres résidants lui
ont prêté et lui prêteront toujours, nous en avons
la ferme conviction. Mais l'avenir de notre Société
ne repose pas seulement sur les garanties que nous
venons d'énumérer ; la suite du bulletin fera connaître le nom de toutes les illustrations scientifiques
et littéraires qui sont associées à nos travaux. Pour
les résumer toutes, nous ne saurions mieux faire que
d'extraire de nos archives et de reproduire la lettre
autographe que nous a écrite, à cette occasion, S. A. I.
LE PRINCE NAPOLÉON, l'héritier même de ce nom
glorieux qui a dévoilé à la société moderne les mer-
veilles de l'Ancienne Egypte, et qui a été le véritable
régénérateur d'une nationalité et d'un peuple tombés,
depuis des siècles, dans la servitude et sous la domi-

nation étrangère. L'Institut Egyptien est profondément reconnaissant à Son Altesse Impériale de la haute et si éclairée protection qu'elle daigne lui accorder, et de l'intérêt qu'elle veut bien prendre à ses travaux,

Monsieur le Président,

J'ai reçu le Brevet de Membre Honoraire de l'Institut Egyptien, qui m'a été envoyé au nom de cette Société.

Je suivrai avec intérêt tous vos travaux, et j'accepte avec plaisir le titre qui m'est offert. Je vous prie de vous faire auprès de l'Institut Egyptien l'interprète de mes remercîments.

Recevez, Monsieur le Président, l'assurance de ma considération très-distinguée.

NAPOLÉON
(JÉROME.)

Nous sommes heureux de le constater, dès aujourd'hui, et les comptes-rendus de l'Institut Egyptien le prouveront d'ailleurs de reste, la colonie européenne de l'Egypte vit d'une vie intellectuelle tout aussi vivace que n'importe quelle colonie du monde; et, nous devons cet hommage à la vérité, la génération musulmane de ce pays, loin d'être hostile ou de rester même indifférente aux progrès d'une institution scientifique naissante, s'associe elle-même à nos travaux, avec une ardeur et un dévouement qui l'honorent;

elle nous prouve combien elle a profité de l'enseignement qu'elle a reçu de la libéralité de l'illustre chef
de la dynastie actuelle de l'Egypte. Si cependant,
jusqu'à ce jour, la population Egyptienne, aussi
hétérogène quant à son origine que distincte par son
langage, semblait être indifférente à ce qui se passait
chez elle et sous ses yeux, si elle paraissait insensible
aux émotions que réveille dans le cœur de l'homme
le grand spectacle de la nature intertropicale, ce n'est
pas qu'elle n'observait pas, ce n'est pas qu'elle ne
tenait pas compte de ce qu'elle voyait et qu'elle ne
tirait pas profit pour elle même de ce qu'elle voyait ;
mais le malheur a voulu que toutes ses observations,
toutes ses découvertes restassent isolées et éparses,
que l'Europe, que la société n'en pût même pas pro-
fiter; un lien devenait nécessaire, ce lien indispensable, ce trait d'union entre toutes les nationalités,
entre tous les membres de la même famille humaine,
c'est l'Institut qui l'a formé en Egypte. Est-ce à dire
que nous ayons détruit l'esprit de discorde que la sotte
vanité, l'orgueilleuse intolérance et toutes les passions
haineuses suscitent dans le cœur des hommes? Non
certes, et nous ne devons même pas viser à une telle
prétention. Mais ce que nous voulons signaler ici et ce
qu'une expérience de peu de temps nous a déjà appris,
c'est que l'Egypte n'est pas pour les sciences, les arts
et les lettres une terre aussi inhospitalière que le
prétendent certaines gens qui ne la connaissent pas
suffisamment, ou qui la jugent avec passion.

En effet, l'Institut Egyptien, n'a pas seulement eu, dès les trois premiers mois de son existence, à enregistrer un grand nombre de travaux fournis par ses membres, à discuter les faits que de savants observateurs confiaient à son appréciation et à son jugement, à satisfaire à toutes les demandes que lui adressaient des célébrités littéraires et scientifiques de l'Europe, sollicitant le titre de membre de la Société; mais encore il a reçu, et avec une bien vive satisfaction, nous l'avouerons même, avec un certain sentiment d'orgueil, des dons de livres, de dessins, de tableaux, de toute nature dont les plus grandes notabilités de ce pays sont venues spontanément lui faire hommage, voulant par là sanctionner la création d'une œuvre d'utilité publique. Nous renouvelons aujourd'hui nos remercîments à ces généreux donateurs, en les assurant également que ce dépôt est précieusement conservé dans nos archives; et nous voudrions pouvoir annoncer au monde savant que c'est là un commencement de la réédification de la fameuse bibliothèque d'Alexandrie. C'est sous de pareils auspices que notre société scientifique et littéraire se pose en Egypte; c'est par ses travaux qu'elle s'y rendra de jour en jour plus utile et, nous en avons la certitude, sous de telles conditions nous mériterons toujours les faveurs d'un pouvoir éclairé comme l'est celui de S. A. Mohammed Saïd-Pacha.

Les comptes-rendus des séances de l'Institut Egyptien paraîtront régulièrement par bulletin trimestriel; celui-ci devra initier nos membres étrangers et les corps savants de tous les pays, aux recherches qui se poursuivent en Egypte, et les informer des acquisitions nouvelles que les sciences, les arts, et les lettres y font. Puis, dans une publication non périodique et traitant des sujets complets, dans un volume de mémoires présentés, lus et discutés dans les séances de l'Institut, nous reproduirons tous les travaux originaux sur l'Orient, dès que les commissions spéciales, nommées à cet effet les auront jugés dignes d'y figurer.

Alexandrie, le 1er Septembre 1859.

Le Secrétaire de l'Institut Egyptien,

D' B. SCHNEPP.

BULLETIN

DE L'INSTITUT EGYPTIEN.

SÉANCE DU 6 MAI 1859.

Présidence de S. E. KŒNIG-BEY.

Le comité d'organisation, composé de MM. Kœnig-Bey, H. Thurburn, Mariette et Schnepp, rapporteur, rappelle, sous forme de dispositions préliminaires, le but de l'Institut Egyptien, ses tendances, son degré d'utilité pour l'Europe et pour l'Egypte, sa constitution intime et l'importance qu'il doit avoir dans le monde savant, par la nature et le caractère de ses travaux. Voici d'ailleurs comment s'est exprimé le rapporteur :

MESSIEURS ,

Un certain nombre de personnes qui habitent l'Egypte depuis quelque temps, qui s'y livrent à des études diverses, qui voient à regret leurs efforts isolés s'épuiser et leurs recherches interrompues demeurer infructueuses, tant pour la science que pour l'humanité ; qui sentent également la nécessité de s'éclairer réciproquement ; qui, d'un autre côté, apprécient hautement les avantages incontestables qui résulteront pour elles d'une direction méthodique et suivie, ainsi que d'une élaboration en commun de travaux qui sont appelés à jeter de la clarté sur tant de points obscurs dont les éléments de solution se trouvent cachés dans le sol Egyptien ; ces personnes, ainsi rapprochées par cet honorable sentiment de défiance que tout homme instruit doit avoir de ses propres forces, mais unies aussi par un invincible besoin de savoir et de connaître, ont conçu le projet de former une société, dans le but de se communiquer leurs travaux, de les soumettre à une critique raisonnée, sévère et impartiale, avant de les lancer dans la publicité, d'appeler à elles les communications que les savants et les voyageurs qui, de tous les pays du monde, viennent explorer l'antique terre des Pharaons, auraient un si grand intérêt à leur faire, de renouer, enfin, la fertile vallée du Nil aux autres contrées de l'ancien et du nouveau monde, par les rapports de l'intelligence, comme elle l'est déjà par les relations commerciales.

Un comité d'organisation composé de MM. Kœnig-Bey, Mariette, H. Thurburn et Schnepp, rapporteur, s'est occupé sérieusement d'élucider tous les points qui intéressent une pareille association.

Une première difficulté s'est présentée tout aussitôt ; il s'agissait de donner un nom à cette société qui, pour avoir toute l'utilité désirable, doit réunir des représentants de toutes les branches des connaissances humaines, recueillir les découvertes et concourir au perfectionnement des arts et des sciences. Après bien des hésitations on s'est arrêté à la dénomination d'*Institut* en y ajoutant l'épithète *Égyptien*, afin de rappeler, tout en l'en distinguant, une fondation semblable qui remonte à une époque qui n'est pas loin de nous.

Il y a 60 ans, en effet, qu'a été fondé dans une grande et généreuse pensée, l'*Institut d'Egypte*, alors que depuis plusieurs siècles ce pays, un des berceaux du genre humain, était tombé dans un oubli complet. Tout le monde connaît les efforts inouis que cette société de savants a faits pour laisser à la postérité une œuvre digne d'elle, digne de l'intelligence qui a présidé à sa fondation et profitable à la science. Malheureusement l'existence propre de cette société a été d'une courte durée; mais du moins, en disparaissant du monde, elle a laissé ouvertes des voies que la génération du XIXᵉ siècle explore depuis avec tant d'ardeur et tant de profit pour les arts et pour les sciences.

A une autre époque plus rapprochée de nous encore, ce besoin d'unir les efforts et de travailler dans un but commun, s'est fait sentir de nouveau ; une association s'est formée d'abord sous le nom de *Société Orientale*, s'occupant plus particulièrement de linguistique et d'archéologie ; mais, peu après sa création elle a changé son titre et en même temps aussi ses tendances. *La Société Egyptienne* qui lui a succédé n'a eu pour but principal que de rassembler dans une bibliothèque tous les ouvrages qui, depuis les temps les plus reculés jusqu'à ces jours, ont traité des questions qui se rattachent à l'Egypte et aux peuples qui sont venus, aux différentes époques de l'histoire, s'y fixer à côté des indigènes, ou bien à côté des conquérants plus anciens. Le gouvernement Egyptien comprenant alors déjà l'importance que les monuments historiques de la vallée du Nil présentent nécessairement, quant aux investigations sur les arts et les sciences, seconda généreusement les efforts de la *Société Egyptienne;* celle-ci est parvenue à créer une des bibliothèques les plus précieuses et les plus complètes qui existent sur l'Egypte. Mais cette société bibliophile ne vit plus guère que par les souvenirs des services signalés qu'elle a rendus aux savants voyageurs qui ont visité l'Egypte. Et qu'y a-t-il donc là d'étonnant pour nous, Messieurs, qui vivons au milieu de la population flottante de ce pays, de voir une si faible vitalité dans ces réunions

et dans ces sortes d'associations ? Les éléments dont celles-
ci se composaient n'auraient-ils pas été trop exclusivement
européeus? Pour rendre des institutions pareilles aussi
durables qu'utiles, il fallait songer à en confier les destinées
à un élément stable, il fallait les placer sous la protection
d'hommes dévoués à la science et y appeler les intelligences
du pays, cultivées et élevées au niveau des connaissances
actuelles du monde. Le comité d'organisation fait aujour-
d'hui un appel aux hommes instruits de toute nationalité
qui désirent concourir par leurs travaux à l'agrandissement
de l'*Institut Égyptien* ; il est heureux de pouvoir déclarer,
dès à présent, que le nombre des membres fondateurs
est déjà un gage certain d'une vitalité durable, et que les
demandes d'adjonctions nouvelles lui assurent des travaux
intarissables.

Il existe une autre cause de longévité pour l'institut
Egyptien, que nous fondons, Messieurs, c'est le choix de
son siége à Alexandrie, le centre d'action et de relation des
pays du Nil avec les contrées occidentales ; c'est ici que se
trouve une colonie assez vivace pour fournir les aliments
indispensables à une société savante, quoique cette cité ne
soit pas comme au temps des Ptolémées, un refuge des connaissances anthropologiques ayant une académie, un musée
et une bibliothèque célèbre ; quoiqu'elle ait perdu, depuis
la fin du XV° siècle, depuis la découverte du Cap de Bonne-
Espérance, ce prestige que son fondateur rêvait pour elle,
en la proclamant la reine de l'Orient et de l'Occident, le
point central vers lequel convergeraient les produits de l'une
et de l'autre extrémité du monde connu. Mais, depuis l'avénement même de la dynastie actuelle de l'Egypte, Alexandrie s'est relevée de sa chute; ses relations du moyen-âge
se sont renouées et, placée à la tête du pont qui joint
l'Asie à l'Afrique, la Méditerranée à la mer des Indes, elle
est devenue de nouveau, par la multiplicité et l'importance

de ses rapports, un centre d'action qui relie l'Occident à
l'extrême Orient, comme par les témoins historiques tirés
de son sein, elle rattache le présent au passé.

Dailleurs, dans une société dont la renommée dépendra
des hommes distingués et honorablement connus qui sont
appelés à la composer, ce n'est pas l'Alexandrin, c'est
l'Egyptien, c'est-à-dire l'habitant de l'Egypte qui est convié
à y prendre part; nous voudrions même que l'Institut
Egyptien fût une réunion d'hommes instruits appartenant à
toute nationalité, à toutes les branches de la grande famille
humaine. Il ne doit y avoir ni prédominance ou prééminance
de race, ni privilèges de castes. L'égalité dans l'intelligence
n'est-elle pas complète aujourd'hui? Notre société ne reconnaît de supériorité qu'à celui qui y apporte une plus grande
somme de travaux utiles, et qui concourt le plus efficacement au développement de l'œuvre scientifique et sociale.
Que notre devise soit: *Union et progrès!* Et que nos
efforts communs ennoblissent notre blason :

Pour atteindre son but, l'Institut Egyptien appelle à lui
toutes les intelligences actives et laborieuses qui sont capables d'un dévouement à une branche quelconque de nos
connaissances, et le comité d'organisation s'est efforcé de
réunir par un premier choix, les hommes les plus marquants
de l'Egypte et désignés déjà, en général, par l'opinion
publique. Il ne doute pas que la liste de ses collègues ne
grossisse encore au grand avantage de la société. Les tra-
vailleurs nationaux, de même que les étrangers seront
jaloux d'avoir l'avis d'hommes spéciaux et désintéressés sur
des recherches entreprises, sur des observations à faire ou
bien sur des expériences à établir. Et personne de vous,
Messieurs, n'ignore que l'Egypte recèle plus d'une donnée
indispensable à la solution du grand problème qui se rattache à la détermination des âges du monde et des différentes
époques de la vie de l'homme.

Pour travailler efficacement à cette œuvre immense, l'Institut Egyptien a besoin de trouver dans son sein des membres qui apprécient et jugent les faits relatifs à la constitution physique du Globe, tel que des géologues, des archéologues, des astronomes et des physiciens; il lui faut des botanistes, des zoologistes, des anthropologistes et des médecins, à qui est dévolue l'observation des phénomènes de la nature vivante, de ceux qui se manifestent dans les végétaux, comme de ceux qui sont propres aux animaux. D'autres membres ont dans leur ressort les œuvres d'imagination et de création de pure intelligence ; ce sont des historiens, des littérateurs et des poëtes, qui interrogent le passé, embrassent les conditions présentes et étudient la nature de l'homme dans les tendances et la grandeur de sa destinée. Dans ce même département rentrent aussi les linguistes, les grammairiens, nous dirions volontiers philosophes, si tout grammairien digne de ce nom ne méritait pas cette appellation. Qui ne sait combien les derniers travaux de linguistiques et de grammaire, sur les langues de l'ancien monde, ont déjà servi à élucider des points litigieux d'ethnographie ? Et nous dirons même qu'il est très-étonnant qu'il ait fallu arriver presque à la seconde moitié du XIX⁰ siècle pour reconnaître l'infaillibilité des caractères de race puisés dans les facultés intellectuelles de l'homme, par le secours de ses œuvres d'imagination et de raison.

Un Institut qui renferme les éléments que nous avons énumérés, non seulement remplit les conditions scientifiques exigées par toutes les sociétés savantes, et comble une lacune que déplorent depuis trop longtemps déjà les savants qui explorent la vallée du Nil, mais encore il offre au gouvernement Egyptien toutes les garanties que la science et l'honorabilité peuvent donner à l'appréciation des questions ressortissant à son jugement, et sur lesquelles les institutions semblables de l'Europe sont officiellement et régulièrement consultées.

Depuis longtemps déjà l'instruction élémentaire et même l'enseignement secondaire ou supérieur, ont été introduits dans ce pays ; et, si nous ne craignions de blesser l'honorable susceptibilité de plusieurs membres mêmes de notre Institut, nous dirions le nom de quelques-uns de ces hommes instruits qui sont sortis des écoles du Gouvernement Egyptien. Mais ce qui manquait jusqu'à présent à cet enseignement, nous pouvons, nous devons le dire hautement, c'est la sanction que cette institution doit attendre d'une compagnie supérieure, c'est l'exemple, l'encouragement et l'émulation que peuvent seules donner les sociétés régulièrement constituées.

Mais en dehors de ces influences si salutaires restent toutes les questions d'utilité publique, que l'Institut peut avoir mission de traiter. En effet, s'agit-il d'introduire une nouvelle méthode dans l'enseignement, de choisir tel système de préférence à tel autre, c'est évidemment l'Institut Egyptien qui donnerait là-dessus l'avis le plus compétent et le plus impartial. Est-il question d'organiser une exploitation nouvelle, de créer une industrie inconnue jusqu'alors en Egypte, c'est encore l'Institut qui peut être appelé à éclairer le Gouvernement. Veut-on savoir s'il est possible et avantageux d'enrichir la vallée du Nil d'une espèce nouvelle soit de végétaux, soit d'animaux ? Veut-on connaître les caractères et les remèdes des maladies qui frappent l'homme ou les autres êtres vivants ? c'est encore à l'Institut et toujours à l'Institut à répondre.

Nous dirons, avec un juste sentiment d'orgueil et de satisfaction, que la viabilité et la vitalité de notre œuvre sont dorénavant assurées ; elle compte dans son sein des membres instruits et laborieux ; elle a fixé l'attention des hommes les plus distingués dans les sciences et les arts ; elle a conquis déjà la haute protection de S. A. le Vice-Roi d'Egypte, et nos travaux, Messieurs, nous vaudront la sympàthie de toutes les compagnies savautes de l'Europe, qui s'empresseront d'établir des relations et des échanges avec l'Institut Egyptien.

Notre rang dans le monde et notre importance, qui sont la meilleure garantie de notre existence durable, grandiront avec le degré d'utilité que nous aurons ! Que nos efforts communs, Messieurs, tendent donc sans cesse vers un tel but ! et n'oublions pas notre devise : *Union et Progrès.*

Après la lecture de ce rapport la parole est donnée à M. Pereyra qui, se servant de la belle langue italienne, insiste plus particulièrement sur les avantages que l'Institut Egyptien aura pour les sciences, et en général, pour le développement de l'esprit humain. Il remercie d'abord l'assemblée de l'honneur qu'elle lui a fait de l'appeler dans son sein, et de lui accorder la parole dès cette première réunion. Puis, continuant à développer le thème qu'il a choisi, il dit :

« L'Idée du rétablissement en Egypte d'un Institut est la
« preuve évidente que l'*idée,* héritage impérisable, ainsi que
« le disait une des plus grandes intelligences des temps
« modernes, sera retrouvée intacte dans la poussière de
« nos races éteintes, comme les inspirations de l'art et les dé-
« couvertes de la science sortent, chaque jour, vivantes des
« cendres de Pompeï ou des sépulcres de Memphis. »

Partant de ce principe, l'orateur démontre que sans l'idée, qui a dévéloppé la civilisation des peuples, l'homme n'aurait pu transmettre aux générations les trésors du passé ni les travaux qu'il a accompli comme preuve de son passage. « Sans une telle loi, poursuit M. Pereyra, le progrès aurait
« été méconnu, la civilisation des peuples eut été impossible,
« l'homme, cet *hymne de Dieu,* comme l'appelle St-Grégoire,
« n'aurait eu qu'une existence semblable à celle de la brute. »

Comme conséquence de cette citation, et rappelant que la sagesse, disciple de l'éternel, est le flambeau qui préside

aux grandes choses, aux grandes institutions, l'orateur ani-
mé par son sujet, cite, à propos de la sagesse, ces paroles :
» J'ai été créée dès le commencement *ab æterno* ; j'existais
« quand Dieu créa les cieux, alors qu'il confina les mers :
« alors qu'il jeta des fondements à la terre. Je suis la pru-
« dence et la force ; c'est par moi que les rois règnent et que
« les lois et la justice s'établissent. Bien heureux celui qui
« écoute ma voix, il trouvera l'existence ; malheur à qui me
« hait, il trouvera la mort. »

Remontant à l'Egypte ancienne, à Menès, M. Pereyra sou-
tient que l'intelligence y a jeté des racines qu'aucune puis-
sance humaine ne pourra extirper ; ce qui était la propriété
d'une caste, dit-il, d'une secte, et tout ce que celle-ci répu-
tait être mystérieux ou énigmatique, est devenu vérité
patente, lumière universelle. De là il résulta bientôt que
des Académies, des Instituts, des Écoles surgirent de tous
cotés en Egypte, qu'ils devinrent fameux et acquirent une
grande réputation ; que des bibliothèques s'instituèrent et
devinrent tellement célèbres, tout comme ces Académies,
ces Instituts et ces Ecoles, que leur souvenir se perpétua
jusqu'à nos jours.

« Ces grandes œuvres, continue l'orateur, ces grandes
« institutions ont été détruites et dispersées par la faux du
« temps, mais l'idée, que l'on peut appeler l'âme de toute
« chose, a persisté ; aussi, après des siècles accumulés,
« vit-on le génie français, saisir, lui aussi, cette idée et
« fonder au Caire, l'*Institut d'Egypte,* de même que quelque
« temps après le génie britannique fondait la *Société Egyp-*
« *tienne* ; aujourd'hui, dit M. Pereyra, en terminant son
« discours, grâce à la sage et intelligente initiative de M. le
« docteur Schnepp, nous inaugurons un nouvel Institut aca-
« démique. Son avénement sera annoncé au monde, comme
« un gage du progrès dans lequel l'Egypte marche à pas de
« géant ; le monde savant y verra un laboratoire où vien-

« dront s'analyser les pages encore inconnues de l'histoire ;
« et alors même que ce nouvel Institut, n'aurait d'autre ré-
« sultat que l'établissement d'une nouvelle bibliothèque à
« Alexandrie, cette création suffirait pour lui donner un élé-
« ment d'immortalité. »

M. le Président informe ensuite la Société que MM. Ferd.
de Lesseps, Mougel-Bey et le docteur Leval, intendant du
Conseil de santé de Constantinople, assistent à la séance.

Le rapporteur donne lecture de la liste des membres, qui
jusqu'à ce jour, ont adhéré à la formation de l'Institut
Egyptien ; mais toutes les adhésions n'étant pas encore par-
venues au comité d'organisation, celui-ci propose de ne clore
la liste des membres actifs ou titulaires de la société que dans
la prochaine séance. Cette proposition est adoptée.

Les membres présents composent par acclamation le bureau définitif, pour l'année 1859-60, ainsi qu'il suit :

S. Exc. KOENIG-BEY, Président.
MM. Aug. MARIETTE, } Vice-Présidents.
        H. THURBURN, }
    Dr B. SCHNEPP, Secrétaire.
    G. PEREYRA, Secrétaire-Archiviste.
    ESPINASSY-BEY, Trésorier.

M. le Président remercie l'assemblée de l'honneur qu'elle
lui fait de l'appeler à la direction des travaux de l'Institut
Egyptien ; il espère que sa tâche lui sera rendue moins difficile par le concours bienveillant des honorables membres
de la société et par le choix des hommes laborieux et dévoués
à l'œuvre qui composent avec lui le bureau.

M. le Secrétaire lit un projet de statuts rédigé au nom du
comité d'organisation. L'étendue de ce projet, comme aussi
la difficulté qu'éprouvent certains membres, peu familiarisés
avec la langue française, d'en saisir toutes les nuances à la

simple audition, porte l'assemblée à en remettre la discussion à la prochaine séance, afin que, dans cet intervalle de temps, chacun des membres puisse en prendre connaissance et se former une idée bien nette des règles qui doivent servir de bases à l'Institut Egyptien. En conséquence, ce projet sera déposé dans la salle même des séances, à partir du 7 mai courant jusqu'au 19 du même mois.

La séance est levée à 6 heures, et la prochaine séance est fixée au vendredi 20 mai courant à 3 heures et demie.

SÉANCE DU 20 MAI 1859.

Présidence de M. H. THURBURN.

Le procès-verbal de la précédente séance est lu et adopté.

La correspondance écrite se compose des lettres d'adhésion que MM. les Membres titulaires, qui n'ont pas adhéré verbalement, ont adressées au comité d'organisation et au bureau. La liste est arrêtée et close avec 47 membres titulaires, savoir :

MM. ABDALLAH-SAÏD EFFENDI, Directeur du bureau des affaires commerciales, à Alexandrie.

ALI-BEY, sous-gouverneur d'Alexandrie.

D'ARNAUD, (Colonel) à Alexandrie.

Dr AUBERT-ROCHE, médecin en chef de la Compagnie de l'Isthme de Suez.

Dr BURGUIÈRES-BEY, médecin sanitaire de France au Caire, directeur de l'Ecole de médecine du Caire.

Mgr. CALLINIQUE, Patriarche grec, au Caire.

MM. CALVERT, Vice-Consul de S. M. Britannique à Alexandrie.

Dr CHAFEY-BEY, médecin en chef de l'hôpital civil d'Alexandrie.

DE CHAMBURE, Directeur des Messageries Impériales à Alexandrie.

Dr COLUCCI-BEY, Vice-Président de l'Intendance Sanitaire d'Alexandrie.

CORDIER, Ingénieur à Alexandrie.

DELAPORTE, Consul de France au Caire.

ESPINASSY-BEY, membre de l'Intendance Sanitaire d'Alexandrie.

FIGARI-BEY, professeur à l'Ecole de médecine du Caire.

MM. Gastinel, professeur à l'école de médecine du Caire.

Grégoire, Agronome à Alexandrie.

Mgr. Guasco, évêque apostolique à Alexandrie.

J. Hazzan, Grand Rabbin à Alexandrie.

M. Helouis, Chancelier du Consulat de France au Caire.

S. Exc. Kœnig-Bey, Secrétaire des Commandements de S. A. le Vice-Roi d'Egypte.

M. Léonidas Lighounes, ingénieur, à Alexandrie.

S. Ex. Linant-Bey, Ingénieur en Chef des Ponts et chaussées, au Caire.

MM. Laroche, Ingénieur des mines, près la Compagnie Universelle de l'Isthme de Suez.

Larousse, Ingénieur Hydrographe de France, près la Compagnie Universelle de l'Isthme de Suez.

Mariette, Conservateur au Musée du Louvre, Directeur des monuments historiques de l'Egypte.

Le Père Michel, curé maronite à Alexandrie.

Dr Mohamed-Ali, professeur de clinique à l'Ecole de médecine du Caire.

H. de Montaut, au Caire.

L. de Montaut, Ingénieur des Ponts et chaussées près la Compagnie Universelle de l'Isthme de Suez.

Motet-Bey (le général), à Alexandrie.

Mouchelet-Bey, Ingénieur en chef du chemin de fer du Caire à Suez.

Dr Ogilvie, médecin de l'hôpital civil, à Alexandrie.

Dr Ori, délégué du Consulat de Toscane à l'intendance Sanitaire d'Alexandrie.

Dr Pensa, à Alexandrie.

G. Pereyra, à Alexandrie.

Refaha-Bey, Directeur du Collége arabe au Caire.

Dr Reil, à Alexandrie.

Dr Reyer, médecin en chef de l'hôpital militaire d'Alexandrie.

Rouse, Ingénieur en chef du chemin de fer d'Alexandrie au Caire.

H. Sauvaire, au Consulat de France, à Alexandrie.

Dr B. Schnepp, médecin sanitaire de France à Alexandrie.

Spanopulo, Consul de Grèce au Caire.

H. Thurburn, à Alexandrie.

Dr Varenhorst, membre de l'Intendance Sanitaire d'Alexandrie.

Walmas, au Caire.

Winder, Ministre anglican, à Alexandrie.

Zay, professeur à Alexandrie.

M. le Président déclare que l'Institut Egyptien est définitivement constitué et qu'il va procéder à son organisation intime.

Sur la proposition de plusieurs membres d'ajourner la nomination des membres honoraires et correspondants jusqu'après la discussion des statuts, l'assemblée décide qu'il y a lieu de passer immédiatement à la lecture et à la discussion du réglement élaboré par le comité d'organisation.

M. le secrétaire commence cette lecture, article par article. Les 1ᵉʳˢ paragraphes donnent lieu à de longs débats et, vu l'impossibilité de prolonger la séance jusque bien avant dans la nuit pour terminer tout ce qui est relatif aux mesures administratives de la société, l'assemblée suspend la séance à 7 heures pour la reprendre le lendemain 21 mai à 3 heures 1/2. Dans cette seconde partie de la séance les chapitres et articles du réglement sont lus et adoptés successivement.

SÉANCE DU 5 JUIN 1859.

Présidence de M. Aug. MARIETTE.

Le procès-verbal de la précédente séance est lu et adopté.

L'Institut Egyptien reçoit de M. de Kremer, du Caire, en son nom et au nom de M. Linant de Bellefonds, notre collègue, les travaux suivants :

« Mémoire sur le lac Mœris, par Linant de Bellefonds ; — « Vortrag-Uber ein Vorgelegtes Druckwerk... Introduction « à un ouvrage ayant pour titre : *Description de l'Afrique* « *par un Arabe anonyme du 6ᵉ siècle de l'Hégire*, par de « Kremer. — Topographie von Damascus. — Topographie « de Damas, par de Kremer. — Wien 1855.

« Beiträge zur géographie des Nördlichen Syriens. — « Appendice à la géographie de la Syrie du Nord, par de « Kremer. — Wien 1852.

Notre collègue, le Père Michel, dépose sur le bureau une poésie arabe qu'il a composée à l'occasion de la fondation de l'Institut Egyptien. Une traduction en sera faite et lue en même temps que le texte original, dans la prochaine séance.

M. le Secrétaire met sous les yeux de l'Assemblée deux têtes humaines provenant de momies ouvertes récemment chez M. Sabatier, Agent et Consul général de France en Egypte. L'une est une tête d'homme, l'autre une tête de femme qui a conservé sa chevelure frisée, blanchie légèrement par les opérations de lessivage, sans doute, que l'on a fait subir au cadavre pour pratiquer l'embaumement.

La première de ces têtes n'offre aucune particularité, mais on remarque sur la seconde que les yeux naturels, extraits habituellement des cavités orbitaires, ont été ici remplacés par des yeux artificiels, composés d'un globe oculaire en ivoire dont la cornée et l'ouverture pupillaire sont représentées par une couche mince de bitume luisant. M. Mariette, qui a présidé à cette ouverture, et qui en fait l'objet d'une communication à l'Institut, explique que la momie de femme est celle d'une dame qui a vécu à Thèbes où elle était revêtue de la charge de prophétesse d'Ammon. — Elle s'appelait Ta-Schap-en-Konz. Ce nom, assez usité sous la XXVI° dynastie, fait supposer à M. Mariette que la personne en question est du temps des rois Saïtes, prédécesseurs de Cambyse. Les titres que les inscriptions du cercueil donnent à cette dame prouvent, avec d'autres exemples, que dans l'ancienne Egypte, les femmes pouvaient exercer des fonctions sacerdotales.

Un papyrus d'une admirable conservation a été trouvé avec cette momie. Il était déposé dans le cercueil, sur la tête et par dessus les bandelettes qui recouvraient le cadavre.

Quant à la momie d'homme, c'était celle d'un *prophète d'Ammon*, qui était en même temps *chef de district*, et qui s'appelait *Pikaï*. Le père de ce personnage exerçait les mêmes fonctions. Il se nommait *Dja-pi-Khaïo*, et il était lui-même fils d'un 3° *prophète d'Ammon, chef de district*, comme son fils et son petit-fils, nommé *Dja-pi-Khaï*. La mère du défunt s'appelait *Iri-Bet-Dja*. M. Mariette note, comme une particularité digne d'être signalée, que cette femme était fille d'un roi Takelloti. Ainsi le personnage dont la tête est déposée sur le bureau était petit-fils d'un roi par sa mère, laquelle était princesse royale. Ces renseignements généalogiques, continue M. Mariette, nous reportent incontestablement à la fin de la XXII⁰ dynastie.

Jusqu'aux découvertes du Sérapéum, cette dynastie, qui eut pour chef le fameux Sésac de la Bible, passait pour n'avoir eu que neuf rois dont le dernier fut précisément ce Takellotti dont il vient d'être question. Mais la tombe des Apis a fait voir qu'il fallait ajouter à ces neuf rois deux autres monarques que l'histoire enregistre maintenant sous les noms de Sésac IV et de Pikaï. Le Pikaï du Sérapéum, qui régna au moins pendant 12 ans, n'est pas du tout le Pikaï de la momie de M. Sabatier, mais le sujet portait le même nom que son roi, et il y était d'autant plus autorisé que, par sa mère, il était de race royale. Du reste la momie du prophète d'Ammon Pikaï n'avait rien de remarquable.

Sur la momie de femme on a recueilli quelques amulettes sans importance. Toutefois le Dʳ Schnepp annonce avoir trouvé à l'entrée du conduit auditif externe des deux oreilles deux graines qu'il fait passer sous les yeux de l'Assemblée. L'une a la forme et la grosseur d'une petite noisette dont le péricarpe ou l'enveloppe extérieure est fibreuse ; la cavité de cette graine renferme un noyau ratatiné de forme tétraé-drique, sec mais bien conservé. Quant à la partie végétale trouvée dans l'autre oreille on voit qu'elle ne constitue qu'une enveloppe florale ; et qu'elle ne contient pas de fruit ni de graine.

A ce propos une discussion s'engage sur le blé soi-disant antique recueilli sur les momies et semé en Europe, où il aurait donné d'excellents résultats. M. Mariette fait observer que la question n'est peut-être pas aussi tranchée que l'on semble le croire. Les arabes fouilleurs, dit-il, s'apercevant de l'intérêt qu'attachaient les voyageurs au blé antique, ont pu introduire dans les momies du blé récolté la veille dans leurs champs. Ce sont là des fraudes dont on a des exemples quotidiens et contre lesquelles les voyageurs ne sauraient trop se mettre en garde. M. Mariette ne dit pas que le blé antique ne germe pas ; il voudrait seulement, qu'une fois pour toutes, l'expérience fût faite sérieusement sur des grains de blé authentiquement et incontestablement retirés des momies. Jusque là rien ne peut permettre de certifier que le blé semé en Europe, n'est pas le produit de la supercherie des arabes. En attendant que des expériences puissent être faites, la société charge M. le Secrétaire de semer la graine trouvée dans les oreilles de *Ta-Schap-en-Konz*, et de lui faire un rapport sur les résultats que cet essai aura produits.

Après ces observations, M. Mariette dépose sur le bureau, pour être communiqués à l'Institut, les objets recueillis par lui sur une momie qu'il vient de trouver à Thèbes. Ces objets, au nombre d'une quarantaine, sont en or, et la plupart d'entr'eux sont enrichis de pierres rares incrustées par une sorte de travail de mosaïque, dans des cloisons d'or, Les principaux sont :

1° Une dizaine de bracelets en or ; ce sont des bracelets de jambes, et ils ont été effectivement trouvés aux jambes de la momie ;

2° Deux bracelets formés de perles fines enfilées sur des fils d'or ;

3° Un bracelet du style le plus fin , formé de plaques d'or sur lesquelles sont ménagées des représentations mythologiques, le fond est en lapis-lazuli ;

4° Un diadème maintenu sur la tête par une épaisse tresse de la chevelure, il est en or avec mosaïques et torsades massives , au sommet, deux Sphinx sont en présence d'une boîte taillée en forme de cartouche royal ;

5° Un beau miroir avec ornements en or , le miroir proprement dit est en or massif altéré par un peu d'alliage ;

6° Un portrait découpé à jour en forme de naos ; ce magnifique spécimen de l'art Egyptien représente un roi debout dans une barque, deux divinités lui versent de l'eau sur la tête, la représentation est complétée par deux oiseaux qui volent au dessus de la tête du roi, en signe de protection ;

7° Une décoration formée de trois grandes abeilles en or, suspendue à une chaîne du même métal ; M. Mariette rappelle à cette occasion, que la décoration de la mouche était connue par les hiéroglyphes, mais que jusqu'à présent on n'en avait trouvé aucune en nature ;

8° Une longue chaîne de près de deux mètres, à fils tressés ; un scarabée en or massif, les pattes repliées sous lui, et le dos rehaussé de lapis, est pendu à cette chaîne ;

9° Une barque en or, avec cartouches inconnus ; dix matelots en argent rament dans l'intérieur ; à la poupe est le pilote en or, tenant à la main le gouvernail antique, à la proue, un chanteur debout, également en or, donne la cadence aux rameurs ; un troisième personnage d'or, assis était placé au sommet d'un mât de bois actuellement détruit.

10° Un poignard à fourreau d'or, la lame présente le travail le plus fin que l'antiquité Egyptienne nous ait encore montré ; elle est formée d'une plaque d'or, au centre de laquelle est incrustée une bande de bronze ; cette bande de bronze n'est pas usée, on remarque au contraire que l'artiste Egyptien y a dessiné au moyen d'incrustations d'or très-fines, des ornements et des sujets, combinés avec les hiéroglyphes formant la légende d'un roi ;

11° Une hache dont le manche est en bois orné de plaques et de mosaïques d'or et le tranchant en or massif, avec représentations historiques.

Ces principaux objets, parmi tous ceux qui ont été recueillis sur la momie, forment selon M. Mariette, un véritable trésor. Aucun musée d'Europe n'en possède de pareils. Autrefois, dans une pyramide de Méroé, Ferlini avait trouvé

de magnifiques bijoux qui sont aujourd'hui conservés, pour
la plupart, dans les collections du Musée Royal de Berlin.
Plus tard, dans la 'tombe d'Apis, M. Mariette lui-même
avait recueilli quantité d'objets d'or et de pierres fines, qui
font l'ornement du musée du Louvre. Mais rien, selon
M. Mariette, n'égale la richesse et le prix, comme art et
comme antiquité, des objets qu'il vient de soumettre à
l'Institut Egyptien. Ces objets, bien entendu, sont le produit des fouilles entreprises par le Vice-Roi, et ils sont
destinés à orner le Musée d'antiquités dont l'Egypte va
bientôt s'enrichir.

En même temps que les objets précédents sont déposés
sur le bureau, M. Mariette fait connaître que ces objets ont
tous été recueillis sur la momie d'une reine nommée *Aah-
hotep*, trouvée dans un des districts de Thèbes, appelé aujour-
hui Drah-Abail-Neggah. Au moment où elle a été découverte,
la momie était enfermée dans un cercueil de bois, taillé à
même d'un seul tronc d'arbre de sycomore. Le couvercle
était entièrement doré. De grandes plumes gravées dans le
bois enveloppaient le cercueil des pieds à la tête ; de la poi-
trine aux pieds courait une légende en hiéroglyphes, grossiè-
rement tracée, laquelle rappelait les noms et titres de la
défunte. La cuve était simplement peinte en bleu. Ces
indications archéologiques, dit M. Mariette, appuyées de
l'étude même des légendes, de la forme des hiéroglyphes, de
l'absence de certaines formules funéraires et des titres que
prend la reine, ont porté M. Mariette à comparer ce cercueil
à ceux des rois Entef de la XIe dynastie que possèdent les
Musées de Londres et de Paris, et à faire conséquemment
de la reine *Aah-hotep* une reine de la XIe dynastie. Pour
M. Mariette, cette conviction est inévitable, et selon lui
il n'y a qu'à mettre à côté l'un de l'autre, le sarcophage
doré du roi Entef qui est au Louvre, et le sarcophage doré
de la reine *Aah-hotep* qui est dans la collection du Vice-Roi,

pour juger que les deux momies sont de la même époque.

Ce n'est pourtant pas, continue M. Mariette, ce qui résulte de l'examen des objets précieux trouvés dans l'intérieur de ce sarcophage. Tandis que le sarcophage donne pour unique renseignement, l'histoire et le nom de la reine *Aah-hotep*, sans aucune indication généalogique, les bijoux de leur côté font lire partout le nom du roi Amosis, le vainqueur des Pasteurs. Or, Amosis est le premier roi de la XVIII° dynastie, et la reine *Aah-hotep* serait de la XI° ! c'est-à-dire, qu'il y aurait une différence possible de 9 siècles entre les données que fournit l'extérieur du sarcophage et les conclusions auxquelles amène l'intérieur de ce même monument. Où est l'erreur ? s'écrie M. Mariette : Sous Amosis, à une époque où les Pasteurs venaient de bouleverser l'Egypte, d'anéantir les arts, de démolir les temples, faisait-on des objets d'or identiquement semblabes, par le travail et la forme, à ceux que l'on faisait 900 ans auparavant, sous les rois Entef ? Une telle persistance a lieu d'étonner, aujourd'hui surtout que nous savons que rien, par exemple, ne ressemble moins à l'art de la XVIII° dynastie, que celui de la XIX°. — D'un autre côté, dit M. Mariette, nous sommes-nous trompés, et la XI° dynastie serait-elle la XVII°, voisine d'Amosis ? Ce serait à supposer, s'il était possible de nier les mille autorités qui nous forcent à placer les Entef rois avant les rois de la XII° dynastie. Enfin, comme dernier argument, n'est-il pas possible que l'Amosis des bijoux ne soit pas l'Amosis de la XVIII° dynastie, et ne puisse être, par exemple, l'Amosis de la XI° dynastie dont M. Mariette lui-même a retrouvé la sépulture l'an passé. Cette dernière supposition serait acceptable, si l'Amosis des bijoux n'était rappelé par son nom et son prénom même, qui sont entièrement ceux de l'Amosis des Pasteurs. Comme on le voit, continue M. Mariette, la question est difficile, et elle est loin encore d'être résolue. Ce que M. Mariette pense, c'est que, malgré la ressemblance des styles, malgré la conformité des légendes, malgré l'argument même que fournissent les lieux où la momie a été trouvée, (lieux qui ont donné tous les cercueils connus de la XI* dynastie), il faut faire de la reine *Aah-hotep* la mère des rois Amosis et l'épouse d'un roi Kamès dont le nom est gravé sur la barque en or dont il a été précédemment question. Les bijoux remonteraient ainsi au XIX* siècle environ avant notre ère ; ils compteraient 3700 ans environ, et, si la suite des discussions, qui ne peuvent manquer de s'engager en Europe sur cet important sujet, prouve qu'*Aah-hotep* fut réellement une contemporaine des Entef, il faudra attribuer aux objets extraordinaires dont on a enrichi la sépulture de cette princesse, une durée qui n'est pas moindre de 45 siècles.

Une si prodigieuse antiquité, mise en présence de l'art avancé que trahissent les bijoux de la reine, prouvera que l'Egypte ancienne, à une époque où la Grèce n'était pas née, où les Hébreux n'étaient encore qu'une tribu errante, possédait des arts que ne désavouerait pas notre civilisation moderne.

Après cette exposition que l'assemblée a suivie avec le plus vif intérêt, M. le Secrétaire fait passer entre les mains de chacun des membres de l'Institut les objets dont il vient d'être question.

Chacun félicite M. Mariette, chacun veut le remercier de sa savante communication.

L'ordre du jour étant épuisé, la Séance est levée à 7 heures.

SÉANCE DU 17 JUIN 1859.

Présidence de M. H. THURBURN.

Le procès-verbal de la précédente séance est lu et adopté après quelques légères modifications.

La correspondance écrite comprend :

Une lettre de M. Gastinel, professeur de chimie et de physique à l'école de médecine du Caire; notre collègue adresse à l'Institut Egyptien, un mémoire sur les eaux thermales salino-sulfureuses de Hélouan ; ce travail sera lu dans une des prochaines séances.

Une lettre de notre honorable collègue, M. Pereyra, qui fait hommage à l'Institut Egyptien d'un choix d'ouvrages précieux sur l'Egypte et l'Orient, formant en tout dix-huit volumes.

M. le Président prie M. Pereyra de recevoir les remerciments unanimes que l'Assemblée lui adresse spontanément pour le précieux don qu'il vient de faire à l'Institut Egyptien.

Une lettre de M. le Docteur Ori, notre honorable collègue qui envoie à l'Institut Egyptien, comme don; En son propre nom, une série de dix volumes qui traitent de la Grèce ancienne et du Levant;

Au nom de M. le comte Carlo Scopoli, plusieurs ouvrages rares ;

Au nom de M. Félix FERRIGLII, des ouvrages de sciences physiques ;

Au nom de M. Ant. SALOMONI, une petite collection de livres d'histoire ;

Au nom de M. le Docteur Licurgo MACCIO , quelques volumes d'histoire ancienne ;

Au nom de M. B. BONATO, plusieurs volumes sur les arts.

Au nom de M. Aug. Ad. LÉVI, des volumes sur les antiquités Egyptiennes ;

Au nom de M. S. LÉVI., quelques livres rares sur l'Orient.

M. le Président remercie, au nom de l'Assemblée, M. le Docteur Ori de l'offre généreuse qu'il a faite à l'Institut Egyptien, tant en son nom qu'en celui des personnes ci-dessus désignées.

La correspondance verbale comprend :

Une communication de M. Mariette qui dépose sur le bureau, au nom de M. Abbat, de notre ville, qui en fait hommage a l'Institut, une collection de Bibles en langue allemande, anglaise, hollandaise, hébraïque, italienne et espagnole.

M. le Secrétaire offre à l'Institut, au nom de M. Dervieu, Directeur de mines en Algérie, un travail sur les mines de Gar-Rouban.

L'Assemblée charge M. le Secrétaire de remercier, au nom de l'Institut, tous les donateurs ci-dessus dénommés, et décide que tous ces ouvrages soient conservés dans les archives de la société.

M. le Président invite le Père Michel à donner lecture de la poésie arabe qu'il a composée à l'occasion de la fondation de l'Institut Egyptien, et qu'il a déposée sur le bureau, dans la dernière séance.

L'Assemblée décide que cette pièce de vers sera soumise au jugement d'une Commission, composée de MM. Refaha-Bey, Chafey-Bey et L. de Montaut, qui devra en faire l'objet

d'un mémoire : Voici d'ailleurs la traduction que notre collègue, **M.** Sauvaire, a faite de cette poésie arabe :

« La recherche de ce qui est parfait n'éconduit jamais ;
» elle honore par-dessus tout. La science est un étendard
» de gloire qui est porté haut, et que ne renversent point les
» perfidies du temps ; plus on l'abaisse, plus il grandit en
» gloire, et c'est à l'ombre qu'il laisse derrière lui, qu'on
» mesure le progrès. Celui qui marche sous l'égide de la
» science, n'est point trompé dans ses espérances, il pro-
» gresse d'un pas sûr dans la voie qu'il se fraie lui-même ;
» la nature a dévolu un lot indivisible à celui qu'elle a initié
» aux sciences : Soir et matin, il vogue sur un océan de
» gloire, et par ses discours, et par sa renommée qui re-
» tentit dans toutes les intelligences. Il n'a point à craindre
» l'injustice du temps, car la science est abritée derrière un
» rempart infranchissable.

» La science, pour un pays, est un ornement qui le pare,
» comme le collier qui pend au cou du jeune faon. Un pays
» dont la science porte au loin la réputation, couvre ses
» habitants d'un riche manteau de gloire. Si l'Egypte est
» connue dans le monde entier par ses progrès dans toutes
» les connaissances, il faut avouer, cependant, qu'elle s'est
» laissé gagner par le sommeil. La réveiller et la rendre à
» sa grandeur d'autrefois est un but généreux. Les enfants
» de la science sont venus à elle, ils l'ont tirée de son som-
» meil, de cet état d'assoupissement qui pouvait la faire
» déchoir de son rang. Sa renommée n'a pas cessé de gran-
» dir, tant qu'elle n'a pas occupé une place distinguée, au-
» dessus de tout ce qui est connu.

» Des cœurs généreux se sont chargés de réunir des
» hommes de mérite, dans une assemblée qui a pris le nom
» d'Institut, refuge des secrets que recèle la science et la
» nature. Là, chacun des membres puisant aux sources de
» ses propres connaissances, produit au grand jour ses

» inspirations spontanées, et la publicité donne la vie à
» l'éloquence de la tribune. C'est par la publicité, que se
» distinguent surtout les familles d'Abs et de Mahlizoum.
» Le devoir d'une assemblée de savants n'est-il point d'en-
» courager l'homme d'étude à faire revivre les connais-
» sances tombées dans l'oubli.

» Béni soit donc l'auteur d'une si heureuse pensée ! C'est
» à lui que rapportent leur propre mérite tous ceux qui
» contribuent à cette œuvre scientifique. Son jugement ne
» l'a point éconduit, et grâce à lui, l'esprit d'élite ennoblit
» l'indigent.

» Nous conserverons toujours le souvenir de cette date
» mémorable, inscrite dans ces paroles : *Un Institut scien-*
» *tifique a pris naissance à Alexandrie.* »

Conformément à la décision prise dans la précédente
séance, M. le Secrétaire donne lecture de la liste des membres honoraires, laquelle est acceptée, à l'unanimité, ainsi
qu'il suit :

S. A. I. Monseigneur le PRINCE NAPOLÉON.
S. A. Monseigneur le Prince Lucien-Louis BONAPARTE.
MM. DE LAMARTINE.
    D'ANASTASY, (le Commandeur), ancien Consul Général de Suède,
        à Alexandrie.
    ANDRAL, professeur, membre de l'Institut de France.
    ARNETH, professeur, à Vienne.
    BARTHÉLEMY–SAINT–HILAIRE, membre de l'Institut de France.
    BAUDE, (le Baron), membre de l'Institut de France.
    ELIE–DE–BEAUMONT, Secrétaire perpétuel de l'Institut de France.
    BIRCH, membre de la société royale de Londres.
    C. BERNARD, professeur, membre de l'Institut de France.
    BRUGSCH, professeur à l'Université de Berlin.
    BRUNET–DE–PRESLE, membre de l'Institut de France.
    BUNSEN, (le Chevalier), à Berlin.
    CAUSSIN DE PERCEVAL, membre de l'Institut de France.
    Dr CLOT–BEY, ancien Inspecteur général du service médical de
        l'Egypte.
    DE DORN, (le Conseiller). directeur du Musée Asiatique de Saint-
        Pétersbourg.

MM. D'Escayrac de Lauture, (le Comte), membre de la Société de Géographie de France.

Flourens, professeur, secrétaire perpétuel de l'Institut de France, à Paris.

Gallice-Bey, (le Général), à Marseille.

Garcin-de-Tassy, membre de l'Institut de France.

J. Geoffroy-Saint-Hilaire, professeur, membre de l'Institut de France.

J. D. Guigniault, professeur, membre de l'Institut de France.

Hase, membre de l'Institut de France.

Dr Hincks, à Dublin.

Horner, professeur, membre de la société royale de Londres.

De Kremer, Consul d'Autriche, au Caire.

A. Labrouste, membre du conseil supérieur de l'Instruction Publique, Directeur de Sainte-Barbe, à Paris.

Langi, (l'Abbé), à Rome.

C. Lenormand, membre de l'Institut de France.

Lepsius, membre de l'Université de Berlin.

De Lesseps, Ferd. Ministre plénipotentiaire de France.

Dr. Littré, membre de l'Institut de France.

De Longpérier, membre de l'Institut de France.

D'Albert de Luynes, (le Duc), membre de l'Institut de France.

Mathisson, membre de la société royale de Londres.

A. Maury, membre de l'Institut de France.

Montagne, membre de l'Institut de France.

Mougel-Bey, Ingénieur des Ponts-et-Chaussées, à Paris.

Munk, membre de l'Institut de France.

J. Oppert, à Paris.

De Persigny, (le Comte), Ambassadeur de France à Londres.

Quetelet, Directeur de l'Observatoire Royal de Bruxelles.

Dr Rayer, membre de l'Institut de France, médecin ordinaire de S. M. l'Empereur.

J. Reinaud, membre de l'Institut de France.

E. Renan, membre de l'Institut de France.

Ridolfi, (Marquis), Ministre d'Etat en Toscane.

Rossi, à Rome.

De Rougé, membre de l'Institut de France.

Sabatier, Agent et Consul Général de France en Egypte.

De Saulcey, membre de l'Institut de France.

Schefer, professeur, 1er drogman interprète de S. M. l'Empereur, à Paris.

Soliman-pacha, major général des troupes Egyptiennes.

Tischendorf, professeur de Théologie à l'Académie de Leipsick.

Thouvenel, Ambassadeur de France à Constantinople.

Walne, Consul de S. M. Britannique, au Caire.

MM. Weismann, (le Cardinal), à Londres.
Wilkinson, membre de la société royale de Londres.
S. Ex. Zoulfikar-pacha , Président du grand Conseil , Egypte.

. La liste des membres correspondants proposés est lue et adoptée, ainsi qu'il suit :

MM. Dr. Abbate, médecin à Alexandrie.
Barral, professeur, Rédacteur en Chef du journal d'Agriculture Pratique, à Paris.
De Bartholomoe, (le Colonel), membre de la société impériale d'Archéologie de Strasbourg.
Dr Batissier, Consul de France, à Suez.
Bawring, Ministre de S. M. Britannique, à Londres.
Berbrugger, à Alger.
Beulé, professeur à la Bibliothèque Impériale de Paris.
Bonaini, professeur, à Florence.
Botta, Consul de France, à Tripoli.
Dr Boudin, médecin en chef de l'hôpital militaire de Vincennes.
Cantu, professeur, à Turin.
Dr Constantin Caratheodori, membre de l'Académie de médecine de Constantinople.
Cherbonneau, professeur, à Constantine.
Dr Cipriani, membre de l'Académie de médecine de Constantinople.
A. Cohn, à Paris.
G. Dervieu, Directeur de mines, à Alger.
E. Dervieu, Directeur de la Compagnie Egyptienne la Medjidié, à Alexandrie.
Deveria, Conservateur au Musée Egyptien du Louvre, à Paris.
Dr Fauvel. médecin sanitaire de France à Constantinople.
Dr Frankl, à Vienne.
Dr Grassi-Bey, à Florence.
Dr Griesinger, professeur à l'Université de Tubingen.
H. Guyse, à Marseille.
Harris, délégué du Consulat Anglais près de l'Intendance sanitaire d'Alexandrie.
Heiglin, Consul d'Autriche, au Soudan.
Jorelle,1er drogman du Consulat Général de France, à Alexandrie.
Dr Kameskas, médecin sanitaire de France, à Smyrne.
Kazimirski, à Paris.
Larking, ancien Consul de S. M. Britannique, à Alexandrie.
Larrey, (le Baron), médecin en chef de l'armée d'Italie, Médecin-Inspecteur du service de l'armée, à Paris.

MM. Dr LEVAL, Intendant général du Conseil de santé de Constantinople.

Dr MICHEL–LÉVY, Directeur de l'Ecole Impériale de médecine du Val–de–Grâce.

Dr LIPPMANNZUNS, à Berlin.

S. LUZZOTO, professeur au collége rabbinique de Padoue.

Dr MÉLIER, Inspecteur Général du service sanitaire de France, membre de l'Académie Impériale de médecine de Paris.

Dr MEREL, ancien médecin du Bey de Tunis, à Paris.

Paul MERUAU, à Paris.

MITCHEL, à Londres.

PATHERICK, Consul de S. M. Britannique, au Soudan.

PÉNEY, médecin en chef du Soudan.

PERETIER, chancelier du Consulat de France, à Beyrouth.

Dr PERRON, Directeur de l'école franco-arabe d'Alger.

Dr PINCOFFS, membre de l'Académie de médecine de Constantinople.

PROVIN, ex-rédacteur en chef de la Prese Egyptienne, à Alexandrie.

Dr PRUNNER–BEY, à Munich.

S. RAPPOPORTE, grand rabbin, à Prague.

REGALDI, (l'avocat), à Turin.

ROUSSEAU, Consul de France, à Djeddah.

Dr SERVICEN, membre de l'Académie de médecine de Constantinople.

Dr SUQUET, médecin sanitaire de France, à Beyrouth.

SORET, à Genève.

TORNBERG, membre de l'Académie de Stockholm.

Ces lectures étant terminées, et l'ordre du jour étant épuisé, la séance est levée à 6 heures et demie.

SÉANCE DU 1ᵉʳ JUILLET 1859.

Présidence de M. H. THURBURN.

Le procès-verbal de la précédente séance est lu et adopté. A propos de la lecture de la liste des membres honoraires, M. le colonel d'Arnaud rappelle les services signalés que M. Gallice-Bey a rendus à l'Egypte, et notamment lors des travaux de fortifications de la ville d'Alexandrie ; il propose de placer cet honorable général parmi les membres honoraires de l'Institut Egyptien ; l'assemblée décide que l'élection aura lieu dans la prochaine séance.

M. d'Arnaud propose également de comprendre sur la liste des membres correspondants ; M. le docteur Yvan qui a publié plusieurs ouvrages sur l'Orient et sur l'Egypte. Cette proposition est appuyée par M. Schnepp et conformément aux statuts ; la nomination aura lieu également dans la prochaine séance. Lecture est donnée ensuite de la correspondance écrite ; puis M. le Secrétaire dépose sur le bureau un travail de M. le docteur Postel, de Caen, intitulé : « *Etudes et recherches philosophiques et historiques sur les hallucinations et la folie ; Caen,* 1859. » L'auteur offre ce travail à l'Institut Egyptien et sollicite le titre de membre correspondant. Cette demande n'étant appuyée que par un seul membre est ajournée ; des remercîments sont votés à M. Postel.

M. d'Arnaud offre à l'Institut *un tableau indiquant les courbes et crues annuelles du Nil*, pour les 10 dernières années, notre collègue rappelle que les côtes des 9 premières années qni ont servi à dresser ces courbes graphiques, ont été recueillies par les soins de la direction du barrage, et la dernière année, par les soins de la direction des fortifications; le tableau a été publié par la Compagnie du Remorquage.— M. le Président remercie M. d'Arnaud au nom de l'assemblée et déclare que ce tableau sera conservé précieusement dans les archives de l'Institut Egyptien.

M. Provin, rédacteur en chef de la *Presse Egyptienne*, dépose sur le bureau la collection des numéros de ce journal qui ont paru jusqu'à ce jour, il en fait hommage à l'Institut et offre de lui adresser régulièrement les numéros ultérieurs à mesure qu'ils paraîtront. M. le président le prie de recevoir les remercîments de l'assemblée et déclare que la collection de cette feuille sera conservée dans les archives de la Société.

Lecture est donnée ensuite d'un rapport de la commission composée de MM. Refaha-Bey, de Montaud et Chafey-Bey, chargée d'examiner la poésie arabe du Père Michel; conformément aux conclusions de la commission l'assemblée décide que ce poème sera imprimé en tête du 1er volume des mémoires, dans son texte original et avec la traduction française.

M. le secrétaire lit ensuite le mémoire de M. le professeur Gastinel sur les eaux sulfuro-alcalines d'Hélouan, près du Caire. L'auteur entre d'abord dans quelques considérations sur la topographie d'Hélouan, il fait connaître la nature et la constitution du sol dont jaillissent ces eaux, il apprécie leur richesse en volume; il décrit leur qualités variables suivant l'abondance de leurs gaz, il étudie leurs propriétés chimiques, il insiste plus particulièrement sur les procédés analytiques qu'il a mis en usage pour préciser leurs éléments constitutifs et pour déterminer leur principe minéralisateur qui consiste surtout en hydrogène sulfuré et en sulfures alcalins. — Il termine cet important travail par des aperçus therapeutiques relatifs aux sources d'Hélouan qui, suivant l'auteur, pourraient être utilisées avec les plus grands avantages dans les affections de la peau et la scrofule.

Ce travail est renvoyé à une commission composée de MM. Ori, Chafey-Bey et Espinassy-Bey, rapporteur.

L'ordre du jour étant épuisé, la séance est levée à 6 heures et demie.

SÉANCE DU 15 JUILLET 1859.

Présidence de M. H. THURBURN.

Le procès verbal de la précédente séance est lu et adopté.
La correspondance écrite comprend :

1° Une lettre de notre honorable collègue M. Figari-Bey, qui nous transmet deux mémoires d'économie agricole de M. Ch. Eckhold, du Consulat d'Autriche du Caire. Dans cette lettre, M. Figari-Bey, insiste plus particulièrement sur le travail relatif au boisement de l'Egypte, il rappelle ses propres recherches à ce sujet et les propositions qu'il a faites, il y a plusieurs années déjà, au gouvernement Egyptien, pour l'engager à planter un certain nombre de genres d'arbres tels que l'accacia, le tamarix, etc., le long des fleuves et rivières et sur le bord des canaux, et à créer, pour ainsi dire, des forêts artificielles. Il appelle l'attention de ses collègues, d'une manière plus spéciale, sur cette question si importante pour l'Egypte. L'assemblée décide que cette lettre sera jointe au mémoire de M. Eckhold et remise à la Commission qui sera chargée ultérieurement d'examiner ce travail.

2° Une lettre de M. Ch. Eckhold qui accompagne l'envoi

qu'il fait à l'Institut Egyptien de deux mémoires, l'un traitant de boisement économique de l'Egypte par le moyen des forêts ; l'autre ayant pour but l'amélioration de la culture du coton. L'auteur soumet ces travaux au jugement de l'Institut, et se porte candidat à la place vacante dans la section des sciences naturelles. M. le Secrétaire est chargé de remercier M. Eckhold de l'envoi qu'il vient de faire à l'Institut et de lui exposer les conditions d'admission imposées aux candidats.

Notre collègue, M. le Docteur Aubert-Roche, dépose sur le bureau, au nom de M. Ferd. de Lesseps, qui en fait hommage à l'Institut Egyptien, les ouvrages suivants :

1° *Recueil de documents officiels, relatifs au percement de de l'Isthme de Suez.* publiés en 1855, 1856 et 1857, par M. Ferd. de Lesseps :

2° *Deux rapports sur le canal maritime de Suez ;* faits à l'Académie des Sciences par M. le Baron Charles Dupin, 1857 et 1858 :

3° *Les observations hydrographiques, faites dans la baie de Péluse, pendant l'hiver de* 1857, par M. le capitaine Philigret.

Notre honorable collègue nous communique en même temps le résumé des observations météorologiques faites à Port-Saïd, par le médecin de la Compagnie Universelle de l'Itshme de Suez, pendant le mois de juin dernier. Ces observations se rapportent à la densité, à la température et à l'humidité de l'air ; à la direction et à l'intensité des vents ; à l'état du ciel et à celui de la mer. L'observateur se sert, pour ces travaux météorologiques, d'un baromètre anéroïde, d'un thermomètre centigrade à mercure, et d'un hygromètre de Saussure ; il fait trois observations par jour, l'une le matin (l'heure n'est pas précisée), une seconde à midi et une troisième le soir, (sans autre indication d'heure ni de lieu.

1° *Observations barométriques :* *

	MATIN.		MIDI.		SOIR.	
Maximum,	le 22	764 0	le 22	764 5	le 22	762 5
Minimum,	le 14	752 0	le 14	756 5	le 24	736 0
Moyenne,	»	759 0	»	760 0	»	759 5
Maximum du mois.		764 5	V. N. 2	29°	Humidité,	0 85
Minimum,	»	752 0	V. O.	22°	»	0 92
Moyenne,	»	759 5				

2° *Observations thermométriques :*

Maximum,	le 24	30° 0	le 5	42°	le 23	28°	
Minimum,	le 9	19° 0	le 27	27°	le 28	22°	
Moyenne,	1	25°	»	30°	»	24°	
Maximum du mois,		42°	V. S. O. 6	757	Humidité,	0	58
Minimum	»	19°	V. E. 2	760	»	0	985
Moyenne	»	26° 3					

3° *Observations hygrométriques :*

Maximum,	le 18	99	le 10	91	le 11	98	
Minimum,	le 5	72	le 5	58	le 28	84	
Moyenne,	»	88	le »	80	»	90	
Maximum du mois,		99	V. S. E. 1	761 5	23°		
Minimum	»	58	V. S. O 6	757	42°		
Moyenne,	»	80					

VENTS.

Direction :

	Calme.	O.	N.	O. N.	E.N.E.	N.N.O	S.O.	N.E.	S.E.	E.O.S.O.	S.	N.N.E.	O.N.O
MATIN	8	6	5	4	0	2	2	1	1	1	0	0	0–30
MIDI	0	0	12	6	0	4	2	3	1	0	0	1	1–30
SOIR	0	0	12	6	2	4	0	3	0	0	1	0	1–30

Force :

	0,	1.	2.	3.	4.	5.	6.	7.	8.	9.
MATIN	8	3	6	8	3	1	1	0	0	0–30
MIDI	0	2	9	12	2	2	1	1	1	0–30
SOIR	0	1	9	11	3	4	3	1	0	0–30

(*) Il est juste de faire remarquer que les chiffres qui indiquent la pression atmosphérique, représentent le résultat brut de l'observation barométrique, et que, dans la position qu'il occupe, l'auteur ne pouvait pas faire les corrections nécessaires pour ramener le baromètre à 0.

Le Ciel :

	MATIN.	MIDI.	SOIR.	Somme.
Beau.	16	24	23 -	63
Quelques nuages.	4	2	2 -	8
Nuageux.	10	- 4	5 -	19
	30	30	30 -	90

La Mer :

	Calme.	Belle.	Grosse.	Moutonneuse.	Houleuse.	
MATIN	3	19	1	6	1 -	30
MIDI	1	18	1	8	2 -	30
SOIR	2	10	2	14	2 -	30
	6	47	4	28	5 -	90

La Plage :

	Très-Facile.	Facile.	Praticable.	Difficile.	Impraticable.	
MATIN	5	13	7	2	3 -	30
MIDI	2	18	4	2	4 -	30
SOIR	1	7	9	7	6 -	30
	8	38	20	11	13 -	90

M. le Secrétaire rappelle à l'assemblée qu'il a été chargé par elle de semer la graine qu'il avait trouvée dans l'oreille de la prophétesse Ta-Schap-en-Konz ; il se propose de lui rendre compte de l'expérience aujourd'hui suffisamment prolongée. Le 4 juin dernier, deux jours après que cette graine a été trouvée sur la momie, le Docteur Schnepp l'a fait macérer, pendant 24 heures, dans l'eau. Cette graine surnage pendant les huit premières heures, puis elle tombe au fond de l'eau, se gonfle et se ramollit peu à peu en abandonnant à celle-ci une matière colorante qui la teint en brun clair comme de la bière légère, mais le noyau est turgescent, conoïde et bien distinct dans la loge déhiscente du fruit, de manière à être plus directement en contact avec le milieu dans lequel il va se trouver ; il conserve la coloration brunâtre qu'il tient de l'action du bitume. L'enveloppe n'a pas changé non plus de coloration. Cette graine est ensuite mise dans un verre, sous une couche de cinq centimètres d'épaisseur de bon terreau, arrosée journellement, depuis le 4 juin, jusqu'au 8 juillet inclusivement, et exposée à l'action de la lumière solaire. Après ces 34 jours d'expérimentation, la graine est examinée de nouveau ; elle est parfaitement reconnaissable, quoique les fibres du péricarpe, assez friables, se désagrègent au moindre contact ; le noyau est plus résistant et il a conservé sa forme et sa coloration ; maïs il est ramolli ; en le fendant transversalement on a une surface de section qui présente deux couches concentriques bien distinctes, l'extérieure est la plus épaisse et elle est d'un brun plus foncé que l'intérieure qu'elle entoure complétement ; mais celle-ci est courbée sur elle-même en fer à cheval ; en écartant les deux parties réfléchies de cette lame, on reconnaît qu'elle n'est autre chose qu'un cotylédon, et que la lame enveloppante est un second cotylédon. Sur la face concave des feuilles cotylédonaires est appliqué un petit corps ovoïde qui remplissait cette concavité et qui, par l'une de ses extrémités, était continu avec les cotylédons, ce petit corps représente évidemment la radicule. Toutes ces parties embryonnaires qui sont imprégnées de matières bitumineuses, plus ou moins colorées en brun, se trouvent constituées par des cellules inertes, privées de tout principe vital.

De tout cela doit résulter cette conviction, suivant l'observation du Docteur Schnepp, que nous avons eu affaire à une graine ; que celle-ci appartenait à une famille dicotylédonnée ; que sa conservation matérielle, par rapport à la forme et aux éléments constitutifs était parfaite, mais que les organes complets en apparence, n'ont pas censervé la faculté de reprendre leurs fonctions, et que l'aptitude de germer était détruite dans cette graine de momie.

De ce fait, il ne faudrait cependant pas conclure qu'aucune graine conservée dans des cercueils de momie, ne puisse germer ; il est probable que d'autres fruits à péricarpe plus imperméable comme cela a lieu pour la graine de blé, par exemple, se comportent bien différemment. Des expériences ultérieures seules pourront éluder cette question.

A propos d'élection de membres honoraires et correspondants, il s'engage une discussion relativement à l'interprétation de l'article 10 des statuts de l'Institut Egyptien. M. Motet-Bey pense que les élections de cette classe de membres doivent être réglées comme celles des membres titulaires, et qu'elles ne peuvent se faire que par une assemblée composée au moins de 20 membres. Mais le bureau fait remarquer que l'article 8 est explicite et qu'il n'y peut être question que de membres titulaires, puisque jusque là il n'est fait mention que de cette classe de membres ; que tout ce qui est relatif aux membres honoraires et correspondants, se trouve énuméré dans les articles suivants 9 et 10. Le réglement ne fixant d'ailleurs pas la proportion de l'assemblée quand il s'agit d'élire un membre honoraire ou un membre correspondant, M. le Docteur Aubert-Roche propose d'interpréter ce silence, suivant la plus grande convenance de l'Institut ; il pense même qu'il sera très-difficile d'appliquer rigoureusement l'article 8 quand il faudra élire des membres titulaires ; mais il croit qu'il sera d'ailleurs possible d'éluder cette difficulté en décidant en assemblée préparatoire que l'élection pourra se faire dans une séance suivante, quelle que soit la proportion des membres votants. Quant aux circonstances présentes et au cas actuel, il propose d'interpréter l'article 10 en disant que les élections des membres honoraires et correspondants peuvent se faire par une proportion quelconque de membres titulaires présents à la séance, pourvu que la nomination ne se fasse pas dans la séance de présentation même. Cette proposition est adoptée à la très-grande majorité, et l'incident étant épuisé, M. le Président met aux voix l'élection de M. Gallice-Bey, qui est proclamé à l'unanimité, membre honoraire de l'Institut Egyptien.

M. le Président rappelle ensuite, aux termes de l'article 10 des statuts, que la candidature de M. le Docteur Yvan, appuyée par MM. d'Arnaud et D' Schnepp, doit être votée dans cette séance ; une très-grande majorité se prononçant pour l'admission du D' Yvan, l'assemblée juge inutile de passer au vote secret et M. le D' Yvan est proclamé membre correspondant de l'Institut Egyptien.

L'ordre du jour étant épuisé, la séance est levée à 6 heures.

SÉANCE DU 5 AOUT 1859.

Présidence de M. ESPINASSY-BEY.

Le procès-verbal de la précédente séance est lu et adopté.
La correspondance écrite comprend :

1° Une lettre de M. Lecoq, membre correspondant de l'Institut de France, professeur de botanique à la faculté des sciences de Clermout-Ferrand, qui met à la disposition de l'Institut Egyptien uu exemplaire des ouvrages qu'il a publiés, et qui sollicite le titre de membre correspondant. Plusieurs membres jugeant, avec raison, les droits de M. Lecoq assez sérieux pour obtenir le titre qu'il sollicite, proposent de l'acclamer aussitôt membre correspondant ; mais le bureau fait remarquer tout ce que ce procédé aurait d'insolite et de contradictoire au règlement ; la nomination ne peut d'ailleurs se faire qu'autant que deux membres se sont déclarés présentateurs, et jamais dans la même séance.

M. d'Arnaud et M. Cordier se font inscrire comme membres présentateurs de M. Lecoq, et la nomination aura lieu dans la prochaine séance.

2° Une lettre de M. St-Martin, rédacteur en chef du bulletin thérapeutique de Paris, qui prie également l'Institut de le porter sur la liste des candidats aux places de membre correspondant et, à l'appui de sa candidature, il offre de faire

parvenir à l'Institut Egyptien les ouvrages qu'il a publiés.
M. le Secrétaire est chargé de remercier M. St-Martin de
son offre, qui est acceptée avec reconnaissance, et de lui
donner, en même temps, connaissance des statuts de l'Institut.

3° Une lettre de notre honorable collègue, M. le D' Ori,
qui nous annonce l'envoi de plusieurs ouvrages estimés, sur
l'histoire, la politique et l'économie sociale, dont M. l'avocat
Pagni, de Florence, veut bien faire hommage à l'Institut
Egyptien.

M. le Président adresse de chaleureux remerciments à M.
le D' Ori pour cette nouvelle marque d'intérêt qu'il donne à
l'Institut, et il invite M. le Secrétaire à remercier pareille-
ment, au nom de la société, M. l'avocat Pagni du don précieux qu'il vient de nous faire et de l'assurer que nous
placerons ces ouvrages honorablement dans nos archives.

4° Une lettre dans laquelle M. Ad. Hakim, d'Alexandrie,
exprime toute sa sympathie et les vœux qu'il forme pour la
prospérité de l'Institut Egyptien ; il nous offre en même
temps, une magnifique édition des œuvres de Chateaubriand.
M. le Secrétaire est chargé de remercier M. Hakim de ses
bons sentiments pour notre œuvre, et du don précieux
qu'il veut bien faire à l'Institut Egyptien.

5° M. le Secrétaire dépose sur le bureau au nom de son
auteur, un opuscule arabe que M. Hanna M Sara a composé
sur la concordance des almanachs ; des remerciments seront adressés au donateur.

M. Cordier appelant l'attention de ses collègues sur l'intérêt que les crues du Nil ont pour l'Egypte, regrette de ne
pas trouver, à chaque séance, un tableau de la hauteur des
eaux de ce fleuve, prise au Méquyas et aux autres nilomètres
du pays. M. Motet-Bey et le colonel d'Arnaud veulent bien
répondre, en ce qui les concerne, à cet appel de leurs collègues. Pour les cotes officielles, M. Colucci-Bey, vice-
président de l'intendance sanitaire de l'Egypte, s'offre de
nous en faire dresser un tableau tous les huit jours.

Le Bureau informe l'assemblée qu'il a arrêté un plan de diplôme auquel il croit devoir donner la préférence ; M. le Secrétaire-Archiviste assure que ce projet pourra s'exécuter très-bien et très-facilement à Alexandrie, et cela à un prix bien inférieur à ce qu'on pensait. MM. les membres présents déclarent qu'ils se remettent complètement, à cet égard, à la sagesse et au bon goût du bureau.

M. Espinassy-Bey, au nom d'une Commission de laquelle faisaient partie MM. Chafey-Bey et Ori, donne lecture d'un rapport sur le mémoire de M. Gastinel, intitulé : *Etude topographique, chimique et médicale des eaux thermales salino-sulfureuses de Hélouan, près Tourrah (moyenne Egypte)*. La Commission donne d'unanimes éloges au travail de M. Gastinel, mais elle fait remarquer une omission assez sérieuse qui consiste en ce que l'auteur n'indique pas le débit de la source, soit en général, soit suivant les saisons, soit même par jour ou par heure.

Elle émet le vœu de faire signaler cette lacune à notre honorable collègue, en le priant de la combler, ce qui lui sera très-facile; de lui adresser des remercîments, et elle propose l'impression du mémoire de M. Gastinel dans le volume des mémoires de l'Institut Egyptien. Ces conclusions sont adoptées.

A propos de la lecture de ce rapport, M. Chafey-Bey rappelle à l'assemblée que les sources sulfureuses de Hélouan ne sont pas les seules que possède l'Egypte, il en existe une, dit-il, plus près du Caire qu'on appelle, Heni-Bira, source aux poissons, qui est également sulfureuse et qui, il y a quelques années encore, était le rendez-vous d'un certain nombre de malades atteints d'affections cutanées ; mais le défaut d'entretien de la source et l'indifférence des autorités locales pour une pareille richesse l'ont fait déjà abandonner.

M. Espinassy-Bey qui a visité également ces localités y a

trouvé plusieurs sources ; il a pu se convaincre de leur nature salino-sulfureuse ; il pense qu'elles ont une origine com-
mune avec celles de Hélouan et que toutes deux sourdent de
terrains chisteux, à une certaine profondeur sur laquelle et
il est vrai, on n'a pas de données précises, mais que des
sondages détermineraient facilement.

M. Cordier croit que la question des eaux salines, dont la
température ne diffère pas beaucoup de la température
moyenne du lieu, est extrêmement complexe pour ce qui
concerne l'Egypte et les contrées intertropicales, en général ;
il est convaincu que la grande évaporation qui a lieu à la
surface des nappes d'eau, exerce déjà une certaine influence
sur la nature saline des eaux, que pour cette raison surtout, on
trouve l'eau des oasis chargée de principes salins en si forte
proportion. Une eau de source ne renferme donc pas seulement des principes minéralisateurs empruntés aux couches
qu'elle a traversées, mais elle se trouve aussi, dans les pays
chauds, modifiée par l'immense évaporation qui se fait à la
surface.

A cette occasion M. Cordier appelle l'attention de l'assemblée sur la nature et l'origine de cette importante source
d'huile de Pétrole qui sort de la Colline du Gebel-Seit,
montagne d'huile, et qui se jette dans la mer rouge. Il paraît
certain aujourd'hui, d'après les dernières relations de voya-
ge d'un jeune ingénieur des mines français, qui a visité les
mines de soufre de ce pays, pour le compte du gouvernement
Egyptien lui-même, que cette source d'huile de Pétrole
existe et qu'elle fournit une quantité considérable de matière combustible qui se perd dans la mer, lorsqu'il serait si
facile de la reccueillir et de la faire servir aux besoins de
l'Industrie Egyptienne, si deshéritée par la nature, jusqu'à
présent du moins, de toute espèce de matériaux de com-
bustion.

Mais il paraît que la mer Rouge reçoit le déversement de

deux sources de matière bitumineuse inflammable, l'une
provenant de la chaîne de montagnes Egyptiennes qui longe
la côte occidentale de la mer Rouge; c'est celle dont il vient
d'être parlé, et l'autre sortant du versant méridional du
Mont-Sinaï, se jette près de Tor, en Arabie, également dans
la mer Rouge. Ces deux sources charrient la même matière
bitumineuse et, d'après MM. Chafey-Bey et Espinassy-Bey,
elles proviennent de deux chaînes également riches en chistes
bitumineux. Un grand intérêt scientifique et industriel se
rattache à ces importants produits de combustibles et l'Institut Egyptien ne saurait trop recommander aux navigateurs
et aux voyageurs qui fréquentent ces côtes, d'étudier sur
place même la nature et la richesse de ces sources, comme
aussi les moyens qui seraient le plus appropriés à leur exploitation.

M. Cordier au nom de la commission composée de MM.
Kœnig-Bey, Grégoire et lui-même, chargée d'examiner le
le mémoire de M. Ch. Eckhold sur l'amélioration de la culture du Cotonnier en Egypte, s'excuse de ne pas présenter
de rapport écrit sur ce travail. La Commission trouve que
M. Eckhold n'est pas suffisamment renseigné sur la culture
de cette plante qui est vivace et annuelle et qui, par une seule
récolte, épuise le sol pour trois ans. Ainsi, d'après les expériences faites, elle ne peut être semée dans le même terrain,
qu'une fois tous les quatre ans. Or vouloir entourer un
champ planté de cotonniers, par un système d'arrosement
aussi complexe et aussi coûteux que celui que propose M.
Eckhold, ce serait non seulement augmenter outre mesure
le prix de revient de ce produit d'agriculture, mais encore
ce serait compromettre sérieusement les revenus ordinaires
que ces terrains pourraient fournir. Par conséquent la commission a décidé qu'il n'y a pas lieu à donner suite au travail
de M. Eckhold.

M. le Secrétaire donne lecture en suite du second mémoire que M. Eckhold a adressé à l'Institut Egyptien. Dans ce travail l'auteur traite du boisement de l'Egypte au moyen de forêts artificielles.

Une commission composée de MM. Kœnig-Bey, Gregoire et Figari-Bey est chargée d'examiner ce travail et d'en faire l'objet d'un rapport détaillé.

L'ordre du jour étant épuisé, la séance est levée à 6 h. 1/2.

SÉANCE DU 19 AOUT 1859.

Présidence de M. H. THURBURN.

Le procès-verbal de la précédente séance est lu et adopté.
La correspondance comprend :

Une lettre de notre honorable collègue M. Hazzan qui s'excuse d'être retenu loin de nos séances, par suite d'une indisposition qui, nous l'espérons, ne se prolongera pas.

Une lettre de M. le Docteur E. Rossi, médecin particulier de S. A. Halim-Pacha, au Caire, qui nous adresse un exemplaire de son livre : « *La Nubia e il Sudan.* ». L'Institut accepte avec satisfaction cet hommage, mais il doit faire remarquer à l'auteur, qu'il n'est pas dans ses habitudes d'émettre un jugement sur un travail publié ; en conséquence, M. le Secrétaire est chargé d'informer M. Rossi que son ouvrage est déposé honorablement dans nos archives, et de le prier de recevoir nos remercîments.

M. Espinassy-Bey dépose sur le bureau un petit tableau du mouvement hebdomadaire de la crue du Nil, pendant la même période, en 1858 et en 1859.

	JUILLET.			AOUT.		
	31	1	2	4	6	7
Année 1858	10 P. 23	11 07	11 12	11 19	12 03	12 05.
» 1859	8 » 23	9 09	10 01	11 13	11 07	15 19.
Excédant en 1858	2 »		1 22	1 11	0 06	
» 1859					2 04	3 14.

M. le Président remercie notre honorable collègue du tableau qu'il a bien voulu dresser et offrir à l'Institut ; il saisit cette occasion pour demander à M. Colucci-Bey de vouloir bien nous communiquer chaque semaine un tableau semblable, indiquant les hauteurs des eaux du Nil. Notre honorable collègue s'empresse de répondre qu'il satisfera à ce vœu de l'assemblée.

M. le Secrétaire s'excuse de n'avoir pas provoqué une députation de représentants de l'Institut Egyptien, pour assister aux funérailles de leur regreté collègue, le Père Michel ; il prie l'assemblée de ne pas voir là un manque de formalités ou de convenances, mais de vouloir bien comprendre l'impossibilité absolue dans laquelle il se trouvait de réunir à temps quelques membres, n'ayant été informé qu'accidentellement de cette mort, et quelques heures seulement avant la cérémonie funèbre.

M. le Secrétaire rassure cependant l'assemblée ; l'Institut n'a pas failli à ses devoirs vis à vis d'un de ses membres ; il rappelle avec quel empressement M. le Dr. Pensa et lui-même sont accourus auprès du malade, dès que celui-ci leur a fait connaître son état ; et avec quelle sollicitude ils lui ont prodigué leurs soins, pendant plusieurs jours ; et c'est au moment où ces MM. pensaient que leur collègue devait entrer en convalescence, l'ayant perdu de vue pendant trois jours, qu'ils apprennent que celui-ci a succombé.

Quoique fondé seulement depuis quelques mois, l'Institut Egyptien voit déjà la mort frapper parmi ses membres et, comme pour se jouer de la vaine science de l'homme, elle frappe ceux-là mêmes qui paraissaient avoir la plus longue carrière à parcourir. — En effet, le Père Michel, curé maronite, enfant des montagnes du Liban, était d'une constitution robuste et, en général, il jouissait d'une bonne santé ; il n'avait d'ailleurs quitté son pays natal que depuis un petit nombre d'années, dans la force de l'âge, alors qu'il est venu se mettre à la tête de ses dévoués corréligionnaires, pour lesquels il a été un véritable père. Mais ce n'est pas seulement par sa foi, par les qualités de son cœur, que le curé maronite se recommandait aux fondateurs de l'Institut Egyptien ; ceux-ci savaient aussi que l'habit de burre couvrait un homme instruit, non seulement dans la langue arabe qu'il professait avec talent, et qu'il parlait en poëte, comme vous avez pu en juger. mais encore, et surtout dans cette langue morte, reléguée aujourd'hui dans le sanctuaire de la science, cette langue syriaque que parlaient le Christ et ses disciples . . Vous le savez, Messieurs, le concours du Père Michel, un concours efficace et sincère était acquis à notre œuvre et, dit M. le Secrétaire en terminant, nous donnons aujourd'hui nos regrets à la mémoire d'un homme honorable, d'un collègue dévoué et laborieux.

. M. le Trésorier jugeant convenable de présenter à l'Institut Egyptien, tous les trois mois, la situation exacte du trésor dont il a accepté la gestion, fait connaître à l'assemblée le mouvement des fonds de la société pendant le 1ᵉʳ trimestre de notre fondation. Il ressort de son état de comptes que le montant des cotisations touchées, jusqu'à ce jour, l'emporte de beaucoup sur le chiffre des dépenses et que les rentrées ultérieures permettront de parer largement à toutes les éventualités de la Société. L'assemblée adresse à M. Espinassy-Bey d'unanimes remercîments pour l'intérêt qu'il prend à notre œuvre, et pour les excellentes habitudes d'ordre et de précision qu'il y a déjà introduites. Elle l'engage à persévérer dans cette bonne voie et le prie de signaler au Bureau toutes les difficultés qu'il pourrait rencontrer.

Les comptes-rendus trimestriels de M. le Trésorier sont déposés dans les archives de l'Institut et conservés avec soin.

Conformément à la décision prise dans la dernière séance, M. le Président interroge l'assemblée sur le mode à suivre pour la nomination de M. Lecoq, comme membre correspondant. L'honorabilité et le caractère scientifique de ce candidat étant généralement connus, M. Lecoq est acclamé à l'unanimité, membre correspondant de l'Institut Egyptien.

M. le Secrétaire appelle l'attention de l'assemblée sur les qualités mauvaises du pain fabriqué en Egypte ; il fait observer que c'est là cependant l'aliment le plus habituel de l'ouvrier et surtout de l'ouvrier indigène ; il dit que cet état est d'autant plus fâcheux que les pays du Nil sont fertiles en blé, que la nature des céréales ne doit pas être la cause absolue de l'infériorité du pain égyptien ; en conséquence, il propose de nommer une Commission qui étudierait dans tous ses détails la fabrication du pain, parmi les Arabes comme parmi les Européens. Il pense qu'il faudrait prendre la question *ab ovo,* qu'il y aurait à étudier d'abord le blé, les préparations diverses qu'on lui fait subir avant les semailles et avant la moisson, sa conservation, son rendement en farine, les qualités nutritives et la composition des farines, toutes les questions de la boulangerie et surtout la cuisson et le genre de combustible employé.

Cette proposition est accueillie avec faveur et après plusieurs observations de M. Thurburn et de M. de Chambure sur l'utilité de pareilles recherches ; on s'arrête à la composition suivante de la Commission :

MM. Kœnig-Bey, Figari-Bey, Chafey-Bey, Espinassy-Bey, de Chambure, le Dr Ori et le Dr Schnepp.

Le Bureau déclare vacante une place de membre titulaire dans chaque section ; il invite MM. les membres à provoquer des candidatures sérieuses, principalement parmi les hommes instruits et honorables de la ville d'Alexandrie.

L'ordre du jour étant épuisé, la séance est levée à 6 heures.

Le Secrétaire de l'Institut Egyptien,

D' B. SCHNEPP.

SOMMAIRE·